KB241585

창비시선 150

최영숙 시집

골목 하나를 사이로

창작과비평사

1996

차   례

2

제 4 부

제 1 부

흔 적

세밑 흐린 날
처마 밑에서
빗방울 듣는지 하늘가에 펼쳐 보이는
그대 빈 손바닥

바라보는, 격자무늬 안의 나와
그 저편 뒤척이는 담쟁이덩굴 몇잎
눈을 감았다 뜨면
텅 빈,

모두 어디로 갔을까

아침 산책

바스락,
무슨 소리지?
돌아보면 아무도 없고
돌아보면 아무도 없는
겨울 숲에는 누가 누가 사나

바스락,
무슨 소리지?
다람쥐가 먹을 겨울 양식이
소복이 쌓였다는 밤나무 밑
바스락,

정월도 지나 입춘 가까이
귀가 넓어지는 시간
온몸의 세포가 깊숙이 숨쉬는 시간
산책길 끝에는
무덤과 이웃하여 사는 작은 마을이 있어

혼자 있는 날

빈집에 혼자 있으면
식구들 외출해 없는 빈집에
혼자 있는 날이면
한낮이 길다 우물 속 두레박 같다
깜박 졸아도 좋으련만
한바탕 청소를 해도 좋으련만

괜히,
마루를 서성이고 창가에 서고
괜히,
어항 속의 자라 두 마리 가까워지고
시간이 풀리는 소리
푸른 물이끼 까마득한 속에서
삐그덕거리며 도르래가 깊어지는 소리

그때 느닷없이
첨벙,

바닥에 두레박 닿았는지
열린 문 틈으로
빼꼼 열린 방문 틈으로
당신,
생의 기미인 당신,
몸이 아프다

이운 창살의 무늬
식구들 올 시간 다 되었는데

어느날의 삽화

기다림을 위하여

장다리꽃은 왜 노랄까,
장다리꽃은 왜 키가 클까,
장다리꽃은 장다리꽃이라 누가 이름지었을까,
장다리 장다리꽃은 왜……
이렇게 안 오시나, 장다리 장다리꽃은……

그는 오지 않는다 아니, 온다
길 밖에 오고 있다
길 밖까지 따라나간 마음이 빈 손으로 돌아온다
못 오시나 보다, 안 오시나 보다
가지도 오지도 못하고 기다리던 시간이
풍경 속에 놓인다, 풍경 속으로 걸어들어가
나도 하나의 풍경이 된다,
장다리꽃이 된다, 이제는 안심이다
장다리꽃은 마음놓고 목이 길다
장다리 장다리꽃은……

신작로를 따라 한사람 온다
풍경이 흔들리고 장다리꽃이 흔들린다
가시바늘처럼 쏟아지는 폭양을 이고서 어딜 가시나,
점점 가까워진다, 지나쳐간다
까맣게 그을은 얼굴이 지워진다 불쑥, 가던 길
되돌아와 남방상회로 들어간다
들어가면서 흘깃 쳐다본다, 장다리꽃은 흔들리는데
내가 장다리꽃인 줄 모르나 보다
아무렴, 장다리 장다리꽃은……

그게 왜 없누 어쩌구, 구시렁거리며 할아버지
길손과 가게 밖으로 나오신다
하필이면 없는 식혜를 마당가 펌프 물이나
한고뿌 드시고 가시지, 돌아서는 할아버지 맨발
더께진 뒤꿈치가 복사꽃 그늘에 가린다
한옥을 개조한 변두리 종점 가게 남방상회 옆
아무도 없고 이윽고 아무도 오지 않고

케케묵은 물건들 노상 침침한 점방에는
지글거리는 테레비 한대 저 혼자 심심하다
장다리 장다리꽃도 이제는 심심하다
너무도 환한 길 밖의 풍경이
납작 눌린다, 액자 속의 시간이 기울어진다

어떤 대화

"고모는 뭘 몰라"
국민학교 입학을 앞둔 조카의 말
들길에서 주워다 꽂은 바싹 마른 가지에
개나리 진달래 뽀루퉁 입술 내민 어느날
무심코,
"느이들보다 이쁘다……"
그 말을 듣고 조카가 하는 말
"고모는 뭘 몰라"

그래, 사람꽃보다 이쁜 것이 어디 있겠나
서울 살림을 청산하고 이사한 후로는
십년 직장 생활을 손놓아버린 뒤로는
모르기 때문에 이곳까지 왔던가
떠나도 못 떠나는 마음이 있구나
뒤에 두고 온 무엇이 있구나
개나리 진달래 그것이 사람의 숨결 아니고서야
어찌 꽃이 필까

마뿌리를 찾으며

겨울날 마뿌리를 찾는다
삽과 호미를 들고서 꽝꽝 언 들판
풀숲을 헤치고 다니다 보면
마뿌리보다 먼저 흙의 맨가슴을 만나게 된다
아무것도 없을 것 같은
기쁠 일도 슬플 일도 없을 것 같은
무심한 세월 속에 누가 저런 것을 부벼 놓았나
무슨 싹인지 이름 모를 실뿌리와
자잘한 알갱이가 붉은 흙가슴에 얼굴을 묻고 있다
쌕쌕 잠들어 있다 마뿌리 그 질긴 줄기를 따라
호미를 댈 때마다 입에 문 젖꼭지를 꼬옥 깨물면서,
어디서 본 듯한 아무것도 할 수 없었던
내 어머니의 어머니 그 어머니의 또 그 어머니가
무작정 견디며 품고 있었던 멀고 먼 옛날
그 자식의 자식이 또 그 자식의 자식이 그러한 것처럼,
겨울날 마뿌리를 찾으면서

휘휘 호미를 휘둘러 실뿌리나 상하게 하면서
돌아오는 길에 무거운 빈 손, 호미를 든 손

울음이 있는 방

1

한 여인이 운다네
다 큰 한 여인이 운다네
이곳은 물소리가 담을 넘는 오래된 동네
나 태어나 여직 한번도 옮긴 적 없다네
그런 동네에 여인의 울음소리 들리네
처음엔 크게 그러다 조금씩 낮게
산비알 골목길을 휘돌아나가네
햇빛도 맑은 날 오늘은 동네가 유난히 조용하네
한 우물 깊어지네

2

그 소리 듣네
마루 끝에 쪼개진 볕바라기 하며
여인의 울음소리 듣고 있네

18

왜 우나, 사과궤짝에 칸나를 올린 그 집
건너다보면 붉은 꽃대 환하게 흔들리던 곳
울음 뒤에 남는 마른 눈물자국
고요가 더 아픈 것이지만 이젠 들리지 않는
여인의 울음소리 귓전에 맴도네
바람도 없이 스르르 종잇장이 흘러내리네

        3

그런 방 기억에 있네
바람 부는 초봄이었는지 제 그림자 지우며
기인 담벼락 양지를 따라가던 그 끝에
울음이 있는 방 그늘은 깊었네
소리내어 울지도 못하는
눈물은 왜 배고픔인지
허기진 꽃대 마당 가득 휘어 있었네
그 여인 아직도 울고 있는지

어린날의 나 아직도 품고 있는지

4

세월은 강,

(그 강가에서 아이는 오래 발등을 적시었을까, 산그
림자 깊은 강물 어둠이 내리기 전에 떠나야 했지만 기
억은 언제나 그 그늘 방 앞에 멈추고 있어, 신문지 상
보가 덮인 밥상이 하나 물에 만 밥 한술 허공에 걸려
내려오지 않았다 어서어서 자랐으면, 우리 집 분꽃은
허리만 길어 가을이 되어도 씨앗 영글지 못했다 공기
속을 떠다니는 먼지의 입자 한줄기 빛을 따라가면, 가
다 보면…… 나, 그곳에 데려다 줄래?)

지난 여름

벌도 사람을 알아본다고 지난 여름,

멀리 간다고 해야 대흥사 후원쯤에서 서성이는 발길
을 서울에서 지고 온 온갖 잡음이 솔숲 바람소리에 섞
여 난청처럼 울릴 때

나,를 버리고 내가 되는 순간
온통 나,인 네게로 집중되는 순간
벌침 맞을 때
처음 눈뜨는 사랑아
초경의 흔적처럼 오래 남는 이별아

떠나왔으므로 기억나는 가운뎃손가락 된장 발라 싸
맨 아픈 상처가 지난 여름 생판 모르는 길 물어 물어
어디까지 갔었던지, 여기는 양주군 남방리 바람이 허
공을 잡아채는 들판 다시 처음인 그곳으로, 수정될 꿈
이여 다시 한번 !

야근하는 밤

김남주 선생님을 생각하며

1

시인은 무엇으로 사는가 피인가 꽃인가
나는 이 시대의 산물이었어,
공화국의 쓴물과 똥물을 다 삼키고
찬 마룻장에서 빚어낸 새벽의 시는 피인가 꽃인가
철필을 갈아 담배 은박지에 또박또박 새겨넣는
시인의 굽은 등은 이 시대의 사랑인가 혁명인가
엉겨붙은 췌장 그 울혈
자본은 무엇을 먹고 크는가
분단은 무엇을 먹고 자라는가
시인은 무엇으로 사는가……

2

야근하는 밤,
숨소리 하나 없다 교정지에 바싹 코를 박고 오자를

찾는 두 눈 가득 모래알이 쓸린다 회벽을 치고 가는
바람 빈 종이 컵이 구르다 멈추고 다시 헛구른다 안으
로 불을 지피는 생각들 언 손바닥을 뒤집는다

　왜, 라는 질문이 어떻게, 라는 방법은 모르는 채 여기
까지 왔다 5층 사옥 허당에 발을 걸고서 한달 시간은
빠르고 월급 봉투를 받을 때면 그만큼 헛되다 모든 노
동은 불순하다 소리친다 맞는가,

　지금 여기 있는 나를 부정하고 어둠이 밴 먹창 너머
로 달려간다 흰 시트가 덮이고 지상의 노래가 덮이는
순간 우우 달려가는 눈송이 송이들의 발자국 달·려·
간·다

구멍 난 바지

그런 노래가 있었지
빵꾸 난 내 양말 빵꾸가 안 난 것은 내 양말 아니라
는,
그 시절에는 왜 그런 노래가
빨갛게 언 발구락 그런 슬픈 노래를 불렀는지

구멍 난 바지를 물끄러미 들여다본다
하얀 무릎이 손톱만큼 비친다
손가락을 넣어 조금 더,
조금 더 뚫어본다
구멍 속의 살갗이 내 살 같지 않다
손가락을 넣어 조금 더
조금 더, 뚫린 구멍 속으로
내가 빨려들어간다

우주를 삼키는 블랙홀의 소용돌이
드디어 나는 하나의 구멍을 가졌다

구멍 속에서 내다보는 세상 가까이
토끼처럼 빨간 눈알을 들이대고서
구멍 속의 하늘
구멍 속의 구름
구멍 속의 지붕, 휙휙 날아가도록
황소바람 들이친다 모두 날려보낸다

(궁금한 것이 많은 자 벌 있을지어다)
―― 그래 무얼 알았지?
―― 모르겠더군
―― 다치지 않으려면 구멍을 닫아야 해
―― 그래도 내겐 구멍이 필요하니까……

구멍 난 내 바지 구멍이 안 난 것은
내 바지가 아니고 내 바지가 아니면
입을 수가 없고 구멍 난 바지라야만
내 바지이므로, 구멍 속의 세상

오늘도 나는 물끄러미 내다본다
해가 질 때까지
해가 진 후에도 거기 무엇이 있다는 것처럼

유리 속의 인형

밤 11시의 미아리,
사람들은 그곳을 텍사스 거리라 했다

어려서 갖고 싶은 인형이 있었습니다
유리 속의 인형
까맣게 쪽진 머리에 한복이 고왔습니다
(한복이 고운 여자는 왜 슬플까)
어머니는 한복이 잘 어울리셨습니다
무슨 때면 바스락거리는 갑사 한복
어깨가 좁아 더 슬퍼 보이는
어머니의 고무신 코를 맴돌곤 했습니다
그래서 유리 속의 인형 더 갖고 싶어했는지
어느날 그 인형이 생겼습니다
사각유리 볕이 좋은 방에서
어린 꿈을 이어주던 인형이 신기했을까요
이 다음에 커서 한복이 예쁜 여자
엄마처럼 연지곤지 나들이길이 환해지는

그런 날들을 꿈꾸었을까요
오래오래 두고 바라보기로 하던
유리 속의 한복 인형
이리 바라보고 저리 바라보며 손대지 않던
그 인형 세상 밖으로 나오고 싶어했는지
한번 꺼내보고 싶은 마음이 불러 내었는지
윤기 흐르던 쪽머리 어느덧 흩어지고
다소곳하던 매무새 팔다리 비틀어지고
어떻게 잃어버렸는지도 모르게
그 인형 주위에서 사라졌습니다
유리집 들어가보고 싶던
투명한 공간도 깨어져 없어졌습니다
사라지는 것은 모두 어디로 가서
집을 지을까요 기억의 매립지
그런 것이 이 땅 어디에 있기나 할까요

미아리 천변,

아파트가 들어서면서 주민들은 항의했다
아이들 교육상 안 좋은 저곳을 철거하라,
유리 속의 인형 인형 같은 여자들은 말했다
당신들보다 오래 산 우리가 이곳의 주인이다,
그 말은 받아들여졌을까 격리하듯 높이 쌓아올린 담
누군가 길게 호명하는 저물녘의 그림자
훗날 아이들은 이 거리를 무어라 기억할 것인가

나는 지금 타락중？！

1

……하여, 일기조차 쓰지 못하는 날들이 왔다
이 땅의 풍경은 흐렸고 바람은 키를 낮추었다
모두 쓸어가리라, 나날의 나는 타락중이었으므로
지나는 골목 꿍쳐놓은 쓰레기 더미만 보아도
흠칫 놀랐다 밤길에는 사람이 더 무서워요
걸음을 빨리했지만 머리카락 산산이 푼 바람, 나무,
뿌연 달빛이 아무래도 수상해 따라오지 말았으면
지름길 놔두고 먼 길 돌아간다

2

아가씨, 차 한잔만……
기름기 흐르는 네온 그 속에 뭐가 있나
처음인 듯 거리는 낯설고 혼자 가는 길은 더디다
임금님 귀는 당나귀 귀 당나귀, 주문도 소용없고

마음속 갈대는 웃자라 서걱인다
빨리빨리 늙었으면 투구처럼 단단한 군살
이해할 수 있다 어차피 가는 길이고
외돌아가는 길에서 그들을 만난다

할 수만 있다면 표정을 바꾸고 싶어, 사내는
비틀거린다 주먹이 울지만 허공은 더 단단하다
여기서 남방리가 어느 쪽이죠, 물음은 헛되고
족발집 이쑤시개 벌건 얼굴이 불빛에 드러난다
먹고 싶다는 욕망이야 누구나 같다
하루 밥 세끼 그것말고 어둠의 아가리는 더 크고
총알택시 도로를 질주해 들어간다
내일을 향해 쏴라, 이 몸은 없어도 좋다

3

나는 한 시인을 기억한다, 삼류극장 마지막 상영관

에서 그는 죽었다, 또 한시절을 기억한다, 온다는 날
짜만 남기고 그는 영 돌아오지 않았다, 그 자리에서
멈춘 모든 돌의 기억 속에 나는 서 있다, 심야버스도
끊긴 밤거리 방향 감각을 잃은 채, 사람들은 나를 이
상한 여자로 볼 것이다, 그대여, 나는 지금 타락중인
가?……!

찹쌀도나스가 있는 밤

잠은 안 오고
선반 위에는 동그란 찹쌀도나스가 있다
밤 11시, 거리는 어둠의 귓바퀴를 구르며 깊어가고
푸른 신호등이 깜박이는 건널목과
춘삼월의 바람이 성근 나무 몇 서 있기도 하다

잠은 안 오고 선반 위에는 찹쌀도나스가 있듯이
지나온 것은 손 닿지 않는 그리움인지라
부스러진 라면땅이나 입가를 핥던 뽀얀 우윗가루 봉지
목을 꺾어 바라보면 보일 듯 보이지 않고
베개를 고이고 돋음발을 해도 잡힐 듯 잡히지 않는다

어둠에 등을 대고 찹쌀도나스를 그리는 밤
식구들 늦도록 안 오는 유년의 언덕에는 외등이 하나
손바닥만한 소니라디오가 있고 등허리에 친친 약을
처맨
전설 따라 삼천리 김삿갓 방랑길을 들으며

이고 지고 어머니 오시었다 뒤따라 할머니 걸음이
늦으셨다
  잠들지 말아야지 아랫목에 발을 묻고 엎드려 잠이
들면
  밤새 아무 일 없었을까 지붕 위로 덩굴나무가 자라고
  지는 별을 따라 방안을 도는 꿈자리 아침이면 식구
들 다 있다

  세상의 모든 부재는 쓸쓸하지만
  어느날 문득 그것들은 온다 선반 위에 찹쌀도나스가
있듯이
  낯익은 얼굴로, 희미하게, 전혀 다른 곳에서, 불현
듯,
  케케묵은 먼지나 공기 속을 떠다니다가, 다시 만난다
  수없이 많은 생의 귀퉁이를 돌아온 이곳에서
  어둠은 깊고 세간의 속도를 기울이며 이렇게 있을
때

동그란 찹쌀도나스 선반에서 꺼내어 한입 문다

언덕 위의 외등 떨리는 불빛 아래 한 아이의 검은
그림자가

골목 안으로 사라진다

제 2 부

한강다리를 건너며

한강을 건너본 지도 오래
반성을 해본 지는 너무도 오래
무엇이 견디게 하는가

깊숙한 강물 찬 물살이 발목에 일어
생의 잔돌에도 쉽게 흔들렸지만
무엇이 견디게 하여 이만큼
물밀어가는 그대 기다리게 하였는지

흘러라 그대
흘러라 사랑
슬픔도 오래 고이면 독이 되는 것을
시간에 몸 기대어 가는 새떼, 새떼들,

(내가 먼저 놓으리
이 끈, 질긴 노끈
그러면 하늘강 저쪽은, 풍덩?)

여우비 온 날

"똥 퍼"
한통에 칠천원이란다
"똥 퍼"
한통에 만원이란다
가득 차면 만이천원이란다
된다 안 된다 한바탕 소란 끝난 뒤
"그래도 똥 치우는 값이 제일 싼 거여"
대문 닫히고 텅 빈 골목
여우비 후둑이다 간다
동쪽 하늘부터 맑게 갠다
싱긋 웃는 연초록 포플라 잎새

감 자 싹

검은 비닐봉지에 싸여
찬장 속에 박혀 있던
세 개의 감자에 싹이 났다
먹으면 식중독을 일으킨다는 감자싹의
성분은 솔라닌이다 물에 녹지 않아
호흡중추나 운동중추를 마비시킨다고 사전에는
씌어 있다 햇빛도 양분도 없는 곳에서
감자는 어떻게 싹을 틔울 마음이 들었을까
슬픔도 때로는 힘이 된다,
침묵도 어느 땐 필요한 법이다, 그런 것이었을까
비죽이 솟은 노란 싹이 꼭 뿔 같다
제 몸에 뿌리를 박고라도 번식하고 싶은 발아 그 슬
픈 정수리
무엇을 찌를 마음은 없었을 것이다 그렇게 보는
내 마음이 나쁘다 이를테면 찬물에 온통 머리를 처
박아도
빠지지 않는 사랑 같은 것 추억 같은 것

다 잊어도 나만은 안 잊는다 그런,

잊혀지고 낡아진 꿈을 밀어올리느라 품게 된

독 같은 것 질겨진 혓바닥 같은 것

그 다음에 오는 눈물이라는 것……

감자싹을 도려내는 손길이 아리다

깜깜중에도 눈뜨고 싶은 덩굴 속마음, 내가 너를 버리다니

사랑 평화 그리움 무엇보다 손 뻗어 잡아보고 싶은 푸른 하늘

주섬주섬 싹눈을 주워 흙에 옮긴다 잘 자라 다시 만나자

그리운 시절

풍경 1

초저녁 바람결
빈 주머니 헐렁할 때
그래 바로 이 바람이야
모퉁이를 돌면 있을 듯한
그리운 옆모습
울 너머 개나리 까치발 뜨던 시절아,

봄바람 속에는 가시가 있구나

봄 소 식

풍경 2

이렇게 썼다가 지우고
저렇게 썼다가는 지우고
물도 한모금 마셨다가
벽에 우두커니 기대어 앉았다가
이것저것 책갈피도 들추다가
공휴일 아침
문득 새소리
손님 오셨나
한꺼번에 동네 개 짖는 소리
그 소리
지난 밤 잠결에 건너온 한마디
'보고 싶다'
창문을 활짝 열어젖힌 한식날 아침 하늘
저 너머

開　眼

풍경 3

봄날엔 느리게 걷고 싶다
봄날엔 조금 느리게
지금 여기 이곳부터 시작해서
저기 저—어—기까지
아니 경계선도 긋지 말고
봄날엔 한박자 느리게 느리게 피아니시모
바람에 몸 실어가면서

──어라, 언제 피었나
저기 저 솜털 보송한 애기꽃몽우리
매일 오가던 자리에
안 보이던 것이 보이네,
아린 눈동자

44

그 집 찾아간다

내 친구 애경은 상도동에서 혼자 산다
서른여섯의 독신, 아이들 글짓기 가르치며
한강 건너 다섯 가구가 사는 연립주택
그 중에 방 하나 세들어 산다
둘이 누우면 꽉 차는 이 세상의 방 하나
웅얼웅얼 얘기하다 잠들어버리는
그 집 찾아 나 가끔 간다
종로에서 버스로 40분 상도동 성대시장 입구
어물전이며 횟집 고추에 파 마늘 고만고만한
보시기에 전대 두른 아줌마
때 절은 호객이 내 어릴 적 투정을 닮았다
귤 한 봉지 맥주 몇병 오늘밤 우리들의
얘기는 무엇을 닮을까
부산약국에서 꺾어져 언덕으로 약간
모퉁이 돌아 전보산대 기울어 있는 곳
소리쳐 부르면 환히 불 밝힌 방
그 불빛 따라
길눈 어두운 나, 집 찾아간다

새로 산 팬히터, 서울은

1

낙태 직전의 불안한 태아처럼
배부른 가스통을 안고 있는
저 검은 물체에 나는
아직 익숙하지 않다
익숙하다는 것은 얼마나 편안한
체제 편입인가 행복이라는 이름의
금속성을 띤 모든 동체가
나는 두렵다 사랑도 시대도 그렇다
낯설고 차갑다 서울에서 30년 이상을
살아도 마찬가지다 갈 곳이 없다

혹여 바람 많이 불고 추운 날
거리의 과일장수도 포장집 카바이드 불빛도
빌딩의 뒷골목으로 사라지고
더운 열기만 바람벽을 타고 오를 때

후미진 곳에서는 울음 한번 없이
태아가 구겨져 나가고 도시 곳곳에
내장된 회로는 과열될 것이다
언제 터질지 모르는
존재의 불안이 내 안에
같이 사는가 신선한 공기가 필요하다
푸른 상상력을 위한 대기의 호흡이

　　2

창문을 열면
바로 이웃집 처마 코끝을 내미는 다섯살배기 효섭이
오줌싸개네 아침 물소리 머리를 감고 그 너머 너머엔
나만 보면 시집 안 갈껴, 성경책을 들고 다니는 안경
쓴 전도사 아줌마 반쯤 열린 파란 대문 또 그 너머엔
구옥의 동네 지붕 훤히 내려다보이는 꼭대기 명랑이발
관집 무딘 바리깡으로 근심 잡풀 따갑게 밀어대는 젊

었을 땐 까불이 지금은 털부리 아저씨, 그대로 산다

3

뜨거운 발바닥으로 춤추는
서울 팬히터식 사랑은 그렇다
낮과 밤이 다른 불꽃 속에서
욕망의 과포화 아니면 결핍의 무뇌아
하룻밤에 실려 나간다 내가 원한 것은
이런 것이 아니었지만 어느 만큼 왔나
눈감고도 다 아는 동네 한바퀴 그런 시절 있었다
물이 불어 정갱이를 걷어올리던 개천가며
말잠자리 나는 뒷산마루 아카시아 꽃물 빨던
하늘 아랜 사람들 사는 이야기도 많았다
고향이라 이름할 수 없는 이곳 서울
실향은 먼 곳에 있는 것이 아니었다

삶

허물고 다시 짓는 집
무덤 속에서 피어나는
흰 꽃이파리의 흔들림이여,

글짓기 교실

아이들 글짓기를 가르치다 보면
내가 배운다
아이들이 뽑아온 우리 집 책 이름
무너진 코스모스 빌딩, 비 오는 날의 약속, 빨간 호
박 파란 호박
……꼬마 우유배달, 사람 없는 구멍가게
그래, 바로 이것
사람 없는 구멍가게의 주인처럼
아이들을 그냥 그들에게 하는 것
나 그렇게 가르쳤던가 매질했던가
글짓기는 글자를 쓰는 것이 아니라
연필로 글을 새겨넣는 행위가 아니라
집을 짓듯 한칸 한칸 마음을 쌓아올려가는 것이라
고,
주인 없는 구멍가게 그 빈 마음이
물건을 내어놓고 툇마루 어디쯤에 동전바구니
먼지도 조금 쌓이고 과자봉지 부시럭거리는

아이들 악악거리며 울기도 하고
야채장수 계란장수 갈치 두부 같은 리어카
비좁은 골목을 메우기도 하는
그렇게 세월을 알아가는 것이라고,
글짓기라는 것이 가르침만으로는 안 된다는 것을
아이들과 내가 주인 없는 구멍가게가 되어
아주 조그만 산동네 어디 좌판을 펼쳐놓고
졸기도 하고 먼산바라기도 하는 그리하여
다시 또 사람 없는 구멍가게,
그 그리운 세상이 스르르 햇살 흘러내리는 오후……

쥐의 입

오호라, 너로구나
빈 물동이 소리 채우듯
나말고는 없는 줄 알았던 집에
밤새 갉죽이던
뾰족한 입, 여기 있었구나
그래도 체면에
물어가지는 않고 슬쩍
아무도 없으니 맛도 향도 시들해
송곳니 까칠한 비누를 만지다가

어느 환한 날 툇마루 마당귀
그때 본 너의 입
널어놓은 호박씨를 오므려 먹던
반들반들 새까만 몸피에
눈이 마주쳐도 빤―하던
(네가 보기에 무슨
확대된 호박씨?)

호박씨 잠시 호흡 멈추었음
가지 말고 계속 먹으시압
그랬더니

다시 올까?
많이 먹지도 않는 조그만 입
오호라, 너

빈   방

꿈에, 한편의 시를
놓치고 깨어난 날
혼자 울리다 그치는
전화 소리
있어도
내가 아닌 것을
어쩌자고 이렇게 삶은, 사랑은,

검은 곰팡이

그대 떠나고 난 뒤
넓어진 방
오래오래 비워둔 방
앉지도 서지도 못한 채
번져오르는 바람의 냄새
·········

오늘이 며칠이던가

파 리 考

1

문제는 파리 한마리다
나는 폼이 영락없는 쉬파리다
어디에도 내려앉지 않으면서 그리
높지도 낮지도 않게 일정한 공간을 비행하는
놈은 나를 비웃는 듯하다
책상이든 유리창이든 앉기만 해라,
노리고 있는 것을 눈치챈 것이다
기우뚱, 헛손질하는 반원의 경계선에
절대 들지 않는다 그렇다고 멀리 가지도 않는다
그게 쉬파리다 끈질기다
끈질기게 머릿속에서 윙윙대는
단어의 순열조합 바로 그 쉬파리 한마리
그것이 문제이다 가을똥이다
쉬파리가 점 찍어놓은 전등갓의
흔적이다 그 배후이다

이제 문제는 파리 한마리가 아니고 쉬파리도 아니고
놈과 나 사이의 팽팽한 거리 그것이다
나와 나 사이의 시간이다
그걸 놈은 알고 있다 잠잠히 있기도 한다
반성의 여유를 주는 것이다
여름 한낮 물을 끼얹는 정적 속에서
겹눈인 놈의 망막에 비칠 내 모습이란
팔다리가 각각 허공을 휘젓는
무간지옥이 따로 없으리라
이래서야 시가 되겠나, 꿈이 되겠나

　　　2

오, 그리하여 내가 너를 보았으니
사족처럼 긴 날들이여 꿈틀꿈틀 기어가는
애벌레의 투명함이 탁, 터지는 살갗
날개를 달았구나 눈먼 사랑을 낳았겠구나

한 바퀴 두 바퀴 그리고 사선,
네 꽁무니 뒤로 방안의 푸른 고요가
조금 벌어지다 닫힌다 숨소리 낮다
차디찬 방바닥에 반듯이 누워 나,
기다리는 그것은 무엇?

그늘진 점심시간

때때로 하늘이 있다는 것을 잊고 사는 게 아닐까 도로와 간판 사이 빌딩과 사람 사이 잘리고 조각난 하늘 아래 아무래도 내 표정에는 눈물이 없고 눈물 없이 바라보는 건널목 붉은 신호등 일렬횡대로 마주보는 세월이여 입 속에 가득 괸 뜨거운 침을 삼켰나 분사하는 햇살 아래 상한 노른자처럼 확 퍼지는 시야 한 줄 건너 두 줄 날아가는 혹은 묻혀버린 얼굴 더듬어보지만 없다,

그후로 시간은 많이 흘렀고 거리는 바뀌었다 모두들 돌아가 조개껍질 집을 지을까 나의 반생은 한사람을 찾기 위해 바쳐졌으나 사랑보다는 비애가 그리움보다는 상처가 먼저 뇌수 쪽으로 총구를 들이대었다 이제는 물어볼 말도 들어야 할 이야기도 꽃 피지 않는 시절 때때로 나는 남아 밥 먹고 돌아가는 시간 안 보이는 것을 애써 보려는 안구의 빡빡함이여

제 3 부

은행나무 그 빈 자리

그때, 약이 잔뜩 오른 은행알의 맵기가 지금도 내
몸 어디에 남아 있어 열꽃을 피우는지 종일 앓아 누운
반지하의 창 푸르스름한 그림자가 깊다 언제던가 소태
처럼 쓴 입안 가득 우우 아아 멀어져가던 골목길 아이
들 절절 끓는 아랫목에서 돌아누우면 창호지 반닫이문
너머로 싸륵싸륵 할머니 쌀 이는 소리 들린다 샛노란
은행나무 그 언저리를 저물도록 맴돌던 엄마 없는 하
교길 그해 온몸에 옻이 올라 열꽃이 피었다 머리맡의
쓴 탕약사발 깨어진 귀퉁이 하며 노랗게 길이 든 장판
위로 번지는 저물녘의 고요 속에서 조금씩 키가 자랐
던 것인지 유년의 은행나무 그 아래 머리숱 많고 치렁
한 아이 어디로 갔는지 알 수 없지만 때론 하꼬방으로
때론 바느질품으로 총총한 밤하늘을 이고 오는 어머니
따라 오르던 언덕 어둠의 꼬리가 긴 전신주가 무섭기
도 했다 그때 내처 달리던 길 갑자기 끊겨 지금은 아
무도 없지만 은행나무 그 빈 자리 어딘가에 남아 있을
열꽃이 그리워 한 사흘 아파보는 것이다

서포리 일박

바람의 집에서 잠을 잤다
창도 문도 없는
뼈마디를 짚으며 꿈길 속으로
한 여인이 내게로 왔다
너 여기 왜 있는가,
긴 머리채를 날리며
한뭉텅이의 시집을
던지는 순간 사방의 벽은 무너지고
오늘 싸락눈은 내린다

언제나 내가 원하는 곳에
나는 없었다
멀리 겨울산은 홀로 깊어가는가

어머니의 묘

여러 차례 수술 받은 뒤끝으로
짧게 머리를 깎으신 어머니의 무덤가에
우북하니 잔디가 자랐습니다
—— 애야, 여기란다
용미리 시립묘지 1구역 서울에서 한시간 거리를
일년 만에 찾아와 보니 산세도 지형도 많이 변했습
니다
301549 없던 묘비 번호도 생겼습니다
성북동 옛집의 언덕빼기 꼭 그만큼
무덤조차 비켜 앉으신 어머니
생전의 삶 그대로입니다 그러나 그전처럼
아무 말씀이 없으십니다
실업의 긴 봄날을 견디는 작은오빠 왔다 갔는지
상석 위에 남은 소주병 놓였습니다 며칠 전
막비로 굴러왔을 돌들 집어내며
어머니 이젠 평안하신가 묻고 싶지만
어디 이승의 하늘만이 전부인가요

아카시아 덤불 너머로 까치가 울고
스러져가는 봉분 하나 노을 속에 걸려 있습니다
──늦었다, 어서 가야지
설핏 이운 햇살 속으로 길 풀어놓으시며
하얗고 노란 들꽃 멀리까지 배웅하는 텃밭머리
한땀 한땀 터진 청솔기를 깁는
당신은 누구신지요

어느 개의 죽음

잘못 보았을 것이다 차창 밖으로 얼핏
스친 그것은 내 마음의 밑그림이
아니다 월요일부터 자욱한 안개 때문에
흩어져가는 은행잎 때문에 그러나⋯⋯

아무도 거두지 않는다
차고 딱딱한 대로변에 잠실 거리에
무슨 글자를 새기려다 만 것처럼
ㄷ자로 쓰러진 짐승 한 마리
한때 빛났을 다갈색의 부드러운 가슴털과
지금이라도 손을 대면 살아날 듯한
까만 콧등의 숨결 들숨과 날숨 사이로
실낱 같은 영혼은 빠져나가는 중일까

많은 추억이 감겨진 망막 위로 흐르고
부르고 싶은 이름의 힘으로 그는
마지막 온기를 모으고 있는지도 모른다

우리 모두를 기다리고 있는지도 모른다
마음은 승객을 비집고 앞으로 나아가지만
차의 반대편으로 생각은 달려가지만
후두둑, 울대를 분지르는 낙엽
차창을 비껴 난다

왜 이런 일이 일어났는지
지닌 것이라고는 영혼밖에 없는
거리의 사랑이여, 그날의 내 뜨거운 사랑이여
미안하다 나는 잘못 살았다

그 무엇이

자다가…… 깊고 아득한 무엇이 나를 깨워, 상처받은 들짐승처럼 몸을 오그리고서…… 무엇일까, 목젖에 손을 넣어 꺼내보니…… 오, 하느님 미움이, 세기말적인 어떤 미움이, 숭숭한 털을 뒤집어쓰고서 심장을 향해, 화살을 겨누며 떡 하나 주면 안 잡아먹지, 서른세살……

구불텅한 내장을 따라 내려가면 빈집의 어둠 암덩이처럼 딱딱해…… 엄마는 오지 않고…… 혼자 삼키는 한움큼의 알약과 물잔, 떡 하나 주면 안 잡아먹지 지금도 이명처럼, 나를 깨워……

생각하면 나는, 내 안의 어떤 나는 미움이 가득하고, 썩지도 않을 개잠 속의 꿈 허방진 세월 깊어, 인생을 낭비한 죄목으로 한고개 넘을 때마다, 떡함지를 빼앗기고 팔다리를 먹히우고……

결국에 당도할…… 깊고 아득한 무엇이

초저녁별

초저녁별 하나 떴네
낮과 밤의 길이가 같다는 춘분날
너는 저쪽에, 나는 이쪽에
서로 바라보는

우리는 만날 수가 없네
그러나 봄물이 간지러운 가지
묵은 슬픔 밀어내고 있다네
꽃망울 져 있다네

춘분날 초저녁별 하나
기다림이 나를 완성하네

염소처럼 파지를

　결벽증인지 낭비벽인지, 시다운 시도 못 쓰는 나는 파지를 많이 낸다. 글씨가 마음에 안 들어도 갈아 쓰고, 시행이 막히거나 오자가 나도 새 종이로 바꾼다. 누가 보는 것도 아닌데 초고이니까 줄을 긋고 그 위에 다시 써도 되는 것을, 마치 그렇게 해야만 정성을 들인다는 듯이 안 되는 시가 되는 것처럼 느끼는 것이다. 이 시만큼은 되도록 적은 파지를 내자 하면서 원고지 위에 꼭꼭 힘을 주어 눌러 쓰는데, 파지를 마구 내며 쓰는 때보다 왠지 생각에 무게가 실리고, 여기까지 쓰는 동안도 틀린 것이 있으면 꼬글꼬글한 선으로 지우거나 원고지 밖으로 줄을 빼어 다시 쓰니까 마음이 꽉 찬 것처럼 뿌듯한 감도 있다. 이를테면 시인 정희성 선생님께서는 원고지 뒷면의 백지에 초고를 잡고 새카맣게 되도록 그 위에 고쳐 쓰신다는데, 옛날 우리 할머니의 말씀에 따르자 치면 세숫물이나 허드렛물도 함부로 많이 쓰면 죽어 저승에 가서 그 물을 다 마셔야 한다니, 파지도 그렇게 먹어야 한다면 염소처럼 종이를 먹느라 나는 하염없이 입을 놀려야 하고, 말이 되지 못하는 말과 시가 되는 못하는 삶에 대해 가슴을 치며 후회할 것인데, 그렇게 많은 파지가 내 생의 절 반을 차지하면 어쩌나 하는 마음에 이 시만큼은 파지 를 적게 내자 하면서 꼭, 꼭, 힘주어 눌러 쓰는 것이다.

입동 무렵

밤비 오려나…… 바람이
별들을 쓸고 가버린 입동 무렵
연탄은 좀처럼 피지 않는다
한장 또 한장의 숯탄을
넣을 때마다 폐광처럼 아뜩한 누짐 속에서
단 한번의 불길이 확, 일었다 지고
잠시 밝은 매캐함이 눈을 아프게 한다

그렇다 두려운 것은 한밤의 냉기가
등골을 타고 내려오는 절망 때문이 아니다
나 이제 가보지 못한 겨울의 문을 열려 할 때
왜 지나간 추위는 따뜻하게 느껴지는지
가난했지만 두 손으로 받쳐 올리던 국물 사발과
서리김 사이로 보이던 그대 얼굴 있다
마음밭 서성임으로 주저했으나

저렇듯 불씨를 옮겨 붙이려고

먹탄 아래 여생의 캄캄함을 태우면서 혹은
스러지면서 혼자 가는 길 위에서
부르는 사랑노래 무섬증을 밀고 가다 보면
떨어져 쌓인 낙엽무덤 속
두 발을 묻고 싶도록 환해 보일 때도
있는 것이다 밤비 오려는지
별 없는 하늘 고개를 들면
어딜까, 바람이 길을 트는
먼 나라 그 집……

시다 구함

그 집앞 지날 때면
궁금해지네 '시다 구함'이라 써붙인
골목 안 창가 기웃이 들여다보면
다르륵 다르륵, 환한 불빛 아래 재봉틀소리
몇살이나 되었을까 갈래머리 소녀는 실밥을 따고
어느 때는 야참을 먹는지
숟가락 부딪는 소리와 웃음소리 섞이어 들리는
저 낯익은 풍경 내 마음 깊은 곳
등불 아래 빛바랜 사진 한장
그 속에 내 어머니 계시다

열아홉 나이 정신대 피해 결혼하여
육이오 때라던가
도시락 싸들고 어찌어찌 잡은 일이
종로 화신 근처 시다였다던
인공 때 인민군복 지은 것을
비밀로 간직해온 어머니의 이야기 들으며

나 실밥을 따곤 했지
한벌 삯이 오백원인 시장 바느질
한복을 뒤적일 적마다 싸아한 나프탈린 냄새와
방안 가득한 필목 속에서, 무엇이었을까
어머니가 그리려 했던
생의 또다른 출발인 시다의 꿈은
외지로 도는 아버지와 실밥처럼 묻어나는
자식들의 동그란 생계, 다만 그런 것이었을까

그 집앞 지날 때면
내 마음 자꾸 서성여 때론
불이 꺼지고 고요했으나
'시다 구함' 빗물에 젖어 글씨도 알아볼 수 없는
구인란 아래 풀어헤쳐진 자투리 보퉁이들 놓였다
백열등이 흔들리는 작은 방 혹은 폐허 속에서
짜맞추어도 알 길 없는 삶의 유정한 조각보가
시다였던 어머니의 세월 속에 고스란히 남았겠지만

갈래머리 그 소녀 열몇살 꽃무늬 가슴은
다시 또 어디로 흘러갔는지 다르륵 다르륵⋯⋯
내리는 빗속에 보퉁이를 이고 가는 내 어머니,
이 땅의 어머니인 갈래머리 그 소녀

느티나무 아래

    초가을 저물 무렵 느티나무 아래 정류장에서 버스를 탈까 걸어서 갈까 망설이고 있을 때 죽비로 어깻죽지를 탁, 내리치는 한마디 거미를 보면 반가운 손님이 찾아온다죠, 한 인연이 내게 말했다 낯설지 않은 저 표정 검은 몸뻬에 잔주름 가득한 웃음 어디서 본 듯해, 전생 아니면 현생 어디쯤 기억의 울타리를 허물고 한마리 거미 기어가고 있었으니 느닷없는 허기짐 시방 세계 평 뚫린 길이 아팠다 내려서라 내려서라, 허공의 집을 버리고 뛰어내린 영혼 여덟 개의 다리 중 두 개가 없는 기우뚱한 세계를 이끌고 어디로 가자는 것일까 길 속에 길이 없기는 아주머니나 나나 거미도 마찬가지여서 한데 엮이는 것이지만 해거름 느티나무 긴 그림자 아래 무슨 터널이나 만들듯이 쪼그리고 앉은 두 사람 사이를 끄덕끄덕, 무심함으로 건너가는 또 하나의 소우주

저녁 시간 속으로

참 고요한 저녁이네요 오늘은 누구도 만나지 않았고
아무에게도 전화 오지 않았죠 커튼 속의 바람이 어스
름 홑이불을 펼쳐주는 아, 가볍지도 무겁지도 않은
　고요의 나라
　몸의 나라

연극무대의 배경처럼 푸르스름한 가건물 속에 방도
만들고 지붕도 이으면서 나 살고 있어요, 이렇게, 하
나씩 등장하는
　창 밑을 돌아가는 발자국소리 비닐봉다리 소리 뉘
집의 아가 울음소리 오래오래 열쇠 끄르는 소리 주름
잡히는, 진공의

아, 참으로 고요한 비현실적인 저녁이네요 지금은
누구나 주인공이고 아니기도 한
　병정들의 시간
　목각인형의 시간

두르르 말아 주머니에 넣고 일어서면

갑자기 조명을 받는 클라이맥스 인생의 비극이 나를 울려요 손수건도 없이 예고도 없이 영혼이 빠져나간 티끌 물잔 속에 하루살이 한마리 수장되어 있네요

누구나 한번쯤 열심히 살다가 사랑도 하다가 희망도 품어보지만 누가 누구를 위로할까요 몇번이나 허우적였을 그의 몸부림을 아는 것은 물잔 속의 동심원뿐

그리하여 그가 남긴 눈물의 즙을 마시고 나가는 나의 저녁 산책은 가볍기도 무겁기도 한 하루살이 투명한 날개 속 돌아올 수도 아니 올 수도 있는 흘러감의 시간일 뿐이죠

식 혜

봄날이 가기 전에
시 한편 쓰리라던 아침
건넌방 할머니 식혜를 주신다
단정하게 쟁반에 받쳐든
말간 국물에 곰삭은 밥알이
동동 떠 있는 할머니의 품삯
한그릇 나누어 주신다

늦장인 나의 출근보다 먼저
칠순의 새벽 새마을공사장
하얀 머릿수건을 고쳐 매시며
이거 한번 맛보라고
그리 공부해서 무에 될라느냐고

진달래 꽃잎이 지기 전에
시 한편 쓰리라던 아침
선뜻 들이킬 수 없는 한그릇

식혜의 의미는 무엇인가
이 따뜻한 목메임은 무엇인가

한톨의 쌀알 한그릇의 밥이
내게 오기까지 지난 밤
꿈도 희망도 나락도 한숨도 못되는
나의 노래는 무엇인가고
봄가뭄 물꼬를 트는 단비도
여문 흙에 대이는 첫 보습도 아닌
나의 노래는 무엇을 위한 것인가고

이 빠진 사기그릇 삭은 밥알들
아낙들만 남아 문설주를 지키고
쟁기 대신 깃발과 하루 일당을 쥔
순한 눈매의 밥알들이
내게 묻는
시 한편 쓰리라던 아침
이 부끄러움은 부끄러움은 무엇인가

1993년 모월 모일

더이상 기대할 것도 새로울 것도 없는 이 시대의 나날 중에 한 사내가 죽었다 투신자살이라는 고전적인 방법을 택한 그는 20층 높이에서 시든 생의 꽃잎 스물다섯 장을 떼내어버렸다고 한다 나는 그를 모른다 이름도 얼굴도 모른다 사랑은 더욱 모른다 모른다 왜 자꾸 부정하는가 천천히 거울을 본다 낯선 물밑의 일렁임 세계는 여전히 통신두절이다 신호음만이 빽빽한 도심에서 몇번의 자살을 시도했으며 정신분열 증세가 있었던 그는 바로 나인가 아니면 당신인가 우리는 공범이었다 세기말의 속도에 스스로를 단말기화시키는 거대한 바벨탑 참을 수 없는 존재의 가벼움으로 뛰어내리지만 아무것도 변하지 않는다 도로는 말끔히 치워지고 공기는 추락의 흔적을 잊는다 1993년 모월 모일 한 사내는 그렇게 가고 이제 누구의 차례인가 으깨진 두개골 부릅뜬 눈동자여 그대가 본 마지막 하늘은 무엇인지, 누런 낮달이 뜬다

제 4 부

그 리 움

가슴에 미어지는 돌 하나 들추고
당신 계시려니 서편 하늘 바라보면
새벽 공기 가르는 새 한마리 날아가

제비꽃 한송이 툭 틔우고
그 뒤를 따라 또 새 한마리 날아가
비비추꽃 두어 송이 툭 터뜨리고
다시 또 새 한마리 한마리……

들판 가득 눈물꽃 피워올립니다

가슴을 누르는 돌 두울 들추고
당신 오시려니 오시려니 동편 하늘 바라보면
아침 노을 비끼는 새 한마리 날아와

미루나무 푸른 잎사귀를 흔들고
은사시나무 가지를 흔들고

허전한 내 뿌리를 훅훅 흔들고 갑니다

가슴에 고인 돌 다섯
가슴에 맺힌 돌 열아홉
가슴에 얹힌 돌 다 들추고 나면

지우지 못할 숲 하나 그곳에
들어와 앉습니다

모래의 집

황사바람이 분다니 무섭구나, 소생의 기미도 없이 봄이 되자 어머니는 안간힘으로 버티던 울타리를 허무셨다, 허허벌판 나무에도 돌에도 기댈 곳 없어 혼자 몸으로 삼남매의 바람을 막아주던 내 아픈 모태 육십 생애를 그렇게 허물고 계셨다,

막다른 골목까지 바람이 불었다.

밤이면 한켜씩 물러앉는 서까래, 미증유의 바람이 회오리쳐 집 주위로 모래를 쌓았다, 높아지는 봉분 속에서 나는 모래시계를 자꾸 뒤집어 놓았지만 물 한모금 넘길 수 없는 날이 오고 어머니의 배에는 복수가 찼다, 어딜까 어딜까 구겨진 진단서를 들고 나는 사막을 헤매었다, 돌아보면 내 발자욱은 이미 지워지고

응급실에서 돌아온 새벽 한마리 저승새가 날아와 검은 깃을 펼쳤다, 어머니는 가느른 팔을 내미셨다, 아직은 따뜻한 체온, 황사바람이 나는 무서웠다.

나   방

비가 내린다
불빛을 따라 어둠을 질러온
너의 옷자락에서
훈훈한 살내음이 난다
방안 가득 벙그는 꽃잎들
비로소 꽃잎이 흔들린다
한바퀴 휘이 도는 자리에
떨어지는 금분
나는
눈멀고 귀가 먼다

어 머 니

가신 지 두 달하고도 보름
이제는 아무도 기다려주지 않는 퇴근길
빈집의 고리를 쓸쓸히 따고 들어서면
오늘 하루 수고했구나 반기시는 것 같아
당신의 유품 정리하지 못하고 있는데

이리저리 마음 채이는 오늘
색바랜 벽지 방안을 서성이다가
생전에 무심코 지냈던
뒷모습이 찍힌 사진 한장
조심스레 두 무릎 접고 앉아 바라봅니다

철조망이 걸린 강언덕
코스모스 야윈 어깨 너머로
무슨 생각 띄워 보내시는지
바쁘다 시간 없다 핑계로
당신의 뒷모습 한번 챙기지도 않았는데

뒤돌아 흘리셨을 눈물 헤아리지 못했는데

어둠을 물리고 이 세상 더러움을 물리고
마음 바닥 깨끗이 고인 물만
새벽이면 정성으로 길어 올려
비나이다 비나이다 애비 없는
자식 소리 듣지 않게
삼남매의 젖줄 대시더니

자식들 다 제자리 찾아
남들이 이제는 살 만하겠다고
한평생 굳은살 훌훌 털고
이 땅 구석구석 다니고 싶다 하시더니
시시각각 못을 치는 고통도
자식들 알세라 돌아누우신 어머니
불러도 불러도 영 돌아서질 않으시니

덩 굴 손

무엇을 주저하리
어둠속에서도 나 그대를
알아볼 수 있어 더듬지 않고도
갈 수 있는 것을
무엇이 두려워
빈 손인 지금을 의심하리
들바람 끝에서 오는 매운 슬픔도
내 것이라 믿고
눈물 끝에 오는 참담한 담장도
내 것이라 믿고 그러잡으면
이슬 속에 잠시잠시 떠오르는
순결한 세상
가슴 저 깊이 고요히 들이대는
그대의 잣대가 있는 것을
무엇이 두려워 이 허공을
어둠이라 말하리 눈물이라 하리
그대가 이르는 대로 몸을 일으키면

서늘한 바람 속 하늘이 가깝고
잇닿은 기와지붕 꽃으로 덮이나니
그대와 내가 한몸으로 가는
이 사랑을 어찌 부정하리

가을 편지

가을, 하고 소리를 내어보면
떠날 채비를 하던 잎새가
문득 손을 놓고 돌아다본다
그래그래, 말은 못하고
서로 눈인사만을 전하며
우리는 헤어져야 하지

내가 가을 가을, 하고
자믈린 목젖을 겨우 울리면
어떻게 들었을까
가지 끝을 막 나서던 너는
허공에 잠시 멈추어 선다
반짝이는 가을 햇살이
네 몸을 감아내린다

가을, 가을, 가을, 하고
참을 수 없어 내가 소리치면

살의 무게 손바닥만한
지상의 무게가 너무도
가벼워 가벼워 너는
몸을 떨군다 우수수수수
물든 잎들 앞을 가린다

빈 가지와 가지 사이에
새들은 새로이 둥지를 틀고
속 푸른 네 목숨 다 받아간
하늘을 보며
가으내 나는 발을 빠뜨린다

회복기의 노래

아침에 일어나서야 나는
지난 밤 수술 받았다는 것을
알았다 혈관을 더듬던
햇살이 링겔 바늘을 꽂자
늑골 아래로
메스의 뒤끝이 쑤셨다

수없이 게워내고 싶었던
잘라버린 내 위벽에는
채 삭지 않은 밥알이,
허식과 욕망의 찌꺼기가
차곡차곡 박혀 있었다

그랬다, 마취당하는 순간
나는 어머니의 자궁 속으로
깊이깊이 헤엄쳐 들어가
상처를 핥는

한 짐승의 혀를 보았다

이제 나는 한동안
항생제를 먹어야 하리라
식후 하루 세 번이 가져다주는
투약이 항체를 만들고
면역된 흰피톨들의 자유
명징함을 획득할 때까지

토요일 오후

예정에 없던 비가 내린다
약속을 취소하고
마음속으로 약속을 취소하고
나는 사무실에 남는다

갈 길이 먼 나는
창밖을 무연히 바라보면서
길을 향해
이리저리 뛰고 있는 사람들 사이
질퍽거리는 나의 먼 길이
까마득하게 사라지는 것을 느끼면서
집을 향해 발걸음을 옮긴다

크고 잘생긴 우산을 확
펼쳐들어 비를 가린다면
집과 나의 거리는
좁혀질 수 있는 것일까

크고 잘생긴 우산을 확
펼쳐들어 이 세상 비를 가린다면
나와 세계의 거리는
좁혀질 수 있는 것일까
나와 내가 가야 할 먼 길의
거리는 좁혀질 수 있는 것일까

토요일 오후에
지도에도 없는 비가 내리고
나는 이 세상에는 없는
집을 향해 발걸음을 옮긴다

눈 보 라

저기, 사납게 흔들리는 덧문 너머로
눈보라가 친다
누군가 오고 있다
신새벽 종종걸음치며 마련한
따뜻한 저녁밥상을 넘보는
눈보라
검은 촉수를 사방에 드리운
복면의 왕거미가

나는 안다
어둡고 비탈진 길을 내려가는
검은 장부에 내 이름이 올랐음을
서서히 세포를 파고드는
암조직의 말기 증상처럼
집요하게 골수를 파먹는
그는 결정적인 순간
아직은 따뜻한 피가 흐르는

선량한 목뼈를 옥죄일 것이다

한덩이 밥을 위하여
허덕이며 짐짝에 실려갈 때나
늙은 그림자를 끌고 돌아올 때
발목에 절거덕거리는 사슬을 찬
나는 이미 수인이다
눈보라가 친다

거칠게 흔들리는 덧문 너머
누군가 오고
새도록 마주보고 걸어야 할
저 어둠 깊이
갇힌 자의 갇힐 수 없는
노래 들리는
눈보라

도로확장공사

혜화동 플라타너스

밤새 안녕한지, 플라타너스여

오늘도 길은 넓어졌다
긍정하자 긍정하자 머리를
주억거리다 황급히
쓰러지는 혜화동 플라타너스

야간 조명등 아래
잔뿌리까지 걷어내며 누군가
푸른 줄기 밀어올리던 호흡 위로
절명의 검은 마스크
콜타르를 휘덮고 있다

거대한 공룡의 등뼈를 이루는
빌딩 사이를 너 하나 표적 삼아
매일 오가던 나는
여전히 이방인으로 남고

헐은 위벽을 따라가는 지하철 표를
오늘도 서투르게 끊는다

별이 뜨지 않아도
쉽게 잠드는
이 도시에서 언젠가는
버림당하리라 생각하면서

플라타너스여, 오늘도 길은 넓어지고

금지사항

먹장구름이 잔뜩 낀 오후
황황히 바람에 쫓겨와
혼자 술을 마신다
안주로 먹는 조미김 맨 밑바닥
'강력 건조제
먹지 마십시오'
나는 강한 유혹에 이끌린다

단숨에 털어 너를 삼킨다면
혀끝에 번지는 그리움
목젖에 걸려 몇날 며칠 우는
눈물의 뿌리를 말리고
늑골 사이에 축축이 밴
감상과 패배주의와 과거지향을
송두리째 말려 한장 백지로
남을지도 몰라
새로 시작할 수 있을지도 몰라

난폭한 어둠의 시간 속에는 언제나
날 푸른 불칼 하나 숨어 있지
온몸의 피돌기를 단숨에 바꾸는
독약 한사발 예비되어 있지
흰 피를 거꾸로 쏟는 순간
웅크려 울던 나의 새 푸드득,
갈빗대를 젖히고 날아오를까

나는 조미김 포장을 뒤집어본다
'주의
인체에 무해하나 먹지 마십시오'
건조제를 먹어도 먹지 않아도
달라질 것은 없다 다만 나를
걸어매는 무형의 족쇄가 있을 뿐
하늘에도 땅에도 그어지는
무수한 사선들 빗금들
후두둑 후두둑 빗방울이 굵어진다

악 순 환

고맙기도 해라
내꼬리를니가물고니꼬리를내가물고
우리서로물고물리고
숨·이·턱·에·닿·도·록
멀미나는 하늘 노랗게 돌리는
지하철 2호선 순환도로
고마워라
오늘의 무사무사가
내일의 무관심에게
내일의 무관심이
오늘의 무감각과 방종에게
절대 봉사 희생하고 있으니
반성 없는 나의 삼십대
레일의 속력 즐거워라
랄라라랄라라 너나 없이
한두름으로 매달려 가는
망각의 순환전철

가속도가 더욱 등을 밀어
두고두고 마음 따로 둘 일 없으니
양심 부재
책임 전가
즐겁기도 해라

고   백

당신을 만나러 가는 길
나는 가슴속 갈피에
오선지 한장 끼워넣습니다
당신의 마음 받아 적지 못한
미완의 악보 오늘도
가슴에 품고 갑니다
매양 도돌이표에서 맴도는
한음절 당신의 안부를 묻는
인사만이 내가 새겨넣은
악보의 전부이지만
사랑한다 사랑한다, 높은음자리로
고백하고 싶지만 쉼표를 찍고
그리웠노라 그리웠노라,
말하고 싶지만 쉼표를 찍는
내 미완의 실로폰 오늘은
제물에 소리를 냅니다
그 소리 받아 허밍으로 허밍으로

불러보며 당신을 만나러 가는 길
저녁노을이 어느새 내려와
연주장으로 들어가는
자줏빛 융단 깔아놓습니다

언약의 궤

고정희 선생님에게

나 이제 새벽창을 열어두려네
나 이제 사시장철 새벽창을 열어두려네
새벽이면 미혹의 창을 열고
이슬처럼 단숨에 사라져
푸른 강물에 섞여* 흘러간
님의 넋
그 마지막 행간을 옮기려네
작정하지 않았던
마지막 행간의 사랑을 내 옮기려네
그러면 님이여, 당신은 오리
우주의 자전과 공전이 맞물리는 거기
이승과 저승이 교통하는 거기에서
바람의 실꾸리를 휘휘 풀고
자우룩한 새벽 안개 걷으며
님이며, 물이 불어 못 건너온
지리산 뱀사골계곡 허위단심 넘어
당신은 우리에게로 오리

나 이제 새벽창을 열어두려네
나 이제 새벽창을 열고
님 맞으려네
뜨거운 뜨거운 혼불로 오는
님이여, 당신 맞이하려네

* 인용문은 고정희 선생님의 마지막 시 「독신자」 중에서

이 별

눈을 떠보니 내 몸에

가랑잎 한장 덮여 있네

앞서가는 그대 따라

애오라지 길 어디쯤 갔다가

그대 잃고 되돌아왔네

하늘을 보아도

땅을 보아도 허공뿐

두 팔을 저어보아도

한겹 걸칠 바람조차 없네

눈을 떠보니 내 몸에

가랑잎 한장 덮여 있어

그대 떠난 줄

이제야 알겠네

흐르는 나무

아, 눕고 싶어라
가슴에 구름 한장 띄우고
푸른 이마 드러내는
당신과 나란히
흐르고 흐르고 싶어라 흘러
수직으로 꽂히는 관계와
좁아지는 희망과
어둠속에 발 빠지는
길 버리고 싶어라

아, 보고 싶어라
고개 들고 싶어라
직립의 지친 다리 누이고
당신과 나란히 마주보는
땅 갖고 싶어라

제 5 부

1960년생의 한 기록

어린날을 중심으로

기억의 출발에는 언제나 처마 밑 비가 내리고 강보
에 싸인 울음이 있다

미운 일곱살이었다 하늘은 급식받은 옥수수 빵가루
처럼 노랗게 뭉쳐 있거나 흩어졌다 아침과 낮반으로
나뉘는 교실에서 칠십몇 번 키가 작았다 우리들은 책
가방에 빵주머니를 달고 다녔다 청소가 끝나고 학교가
파하면 선생님은 남은 옥수수빵을 주셨다 바라보는 아
이들의 얼굴에는 마른 버짐이 하얬다 감기에 자주 걸
렸다 봄바람에 손등이 터지고 엄마는 뜨거운 물 속에
잡아넣고 박박 문지르셨다 감유를 바른 살갗이 따끔거
렸다

이학년이 되었다 십년 넘게 터울 지는 큰오빠가 군
대에 갔다 해병대였다 월남에 갈지도 모른다고 할머니
는 애타하셨다 육이오 때 지금의 서울대병원 숲에는
시체가 늘비했다고 하셨다 엄마는 연줄 있는 군의 높

은 사람을 찾아가셨다 그 무렵 우리들이 부른 노래는
맹호부대 용사들이나 빨간 마후라는 하늘의 사나이였
다 할머니는 장독대에 정화수를 떠놓고 치성을 드렸다
면회를 자주 갔다 용산에서 탱크 위에 서 있는 큰오빠
를 보았다 오빠는 나를 번쩍 안아올렸다 하늘이 가깝
게 보였다

  태평한 날들이 지났다 나는 여전히 동네의 담장을
끼고 돌았다 가끔 희자네 집으로 테레비를 보러 갔다
황금박쥐나 요괴인간 벰 베라 베로는 죽었다가도 살아
났다 저녁밥 먹으라고 부르는 소리가 들렸다 작은오빠
는 라면에 밥 말아 먹고 과외공부하러 갔다 엄마의 꿈
은 오빠가 경기나 경복중학교에 입학하는 것이었다 결
국은 그러지 못했다 평준화였다 오빠는 구슬치기를 잘
했는데 뺑뺑이 실력은 없었다 옆집의 오빠 친구는 좋
은 학교에 갔다 한동안 우리 집은 침울했다 국민교육
헌장을 나는 열심히 외웠다 이미 삼학년이었다

달나라에 우주선이 도착했다 아폴로 십일호가 발사
되는 날 저녁 내내 테레비 앞에서 기다렸다 토끼는 없
고 울퉁불퉁한 분화구만 잔뜩 있었다 낮밤이 바뀌었다
자다가 일어나 학교에 갔더니 텅 비었다 저녁이었다
큰비가 왔다 민희네는 대문간에 가마니를 쌓아놓았다
물구경 가서 솥단지나 나무 판대기 같은 것이 떠내려
오는 것을 보았다 다리 한가운데 난 구멍 속으로 흙탕
물이 무섭게 넘쳤다 비 때문에 학교 안 가는 날이면
아랫목에 배 깔고 누워 만화책을 읽었다 엄희자의 순
정만화가 나는 좋았다 할머니는 부침개를 만들어주셨
다 그즈음 분식장려운동이 성했다

오학년이 되었다 식구가 늘었다 구미에서 고속도로
를 타고 새언니가 시집을 왔다 구미는 대통령의 고향
이라고 했다 새마을운동이나 경제개발 5개년 계획이
빠르게 지나갔다 여기저기 길이 뚫렸다 마이카 시대가

온다고 했다 그때까지 우리 집은 변한 것이 없는데 겨울이었다 한동네에 살던 선희네가 이사를 했다 강남의 무슨 아파트였다 엄마 따라 그 집에 놀러 갔다 그런 동네는 처음 보았다 진흙길의 허허벌판에 성냥갑 같은 집들이 층층으로 있었다 방 안은 너무 더웠다 하루종일 있으면서 나는 소화가 안 되고 골치가 아팠다

선거철이 왔다 골목마다 후보의 벽보가 붙었다 그 중에 기호 몇번은 빨갱이라고 했다 우리들은 어른들 몰래 얼굴을 찢거나 가위표를 쳤다 가슴이 두근거렸다 우리의 소원은 통일 노래할 때면 어쩐지 목이 메었다 이승복 어린이는 너무 불쌍했다 남쪽은 파랗게 북쪽은 빨갛게 그린 반공 포스터가 입선을 했다 상품은 스케치북과 왕자표 크레파스였다 엄마는 동회에서 고무신 표를 할머니 것까지 두 장 받아 오셨다 수건이나 다른 것도 있었는데 쉬쉬 하셨다 아래 지방에는 간첩이 나타났다는 소문이 돌았다 졸업이었다 운동장에는 종이

꽃이 날렸다 나는 더이상 골목을 배회하지 않았다
긴 긴 겨울이 왔다

여   백

    화병 속의 꽃이 시들고 있다 비스듬히 고개를 돌린
한줄기 안에 어느 것은 채 꽃잎도 벌지 않았다 그것들
은 가끔 향기를 흘린다 그것은 아주 가늘고 희미해서
움직일 수가 없다

    어느 결인지 어린것이 봄빛을 타고 날아왔다 바삭바
삭 뒷다리를 부비며 옮길 때면 꽃잎도 반응하는지 줄
기 끝으로 물관부가 열리고 가느다랗게 물줄기 딸려올
라가는 것이 보이는 듯하다

    목뼈를 받쳐주는 생의 순간들, 화병의 꽃과 어린 날
것과 나의 시선이 이루는 삼각구도 안에 잠시 평화가
머물고 봄날은 이렇게 간다

시   론

그렇다, 그게 사실은 병이라는 것을, 만일 그날, 전철에서 그들을 만나지 않았다면, 어땠을까, 그 이상한 동질감, 대인공포증이라는 것, 그것이 나를 지배했었다고, 나 또한 어눌하게 말을 더듬으면서, 고백을… 어디선가 했을 것이라고… 통로 저만치에서 쉰 듯한 여자의 목소리가 울렸다

여러분! 제가 이렇게 대중들 앞에 선 것은… (그 여자는 꼬박꼬박 대중들, 이라고 했다 그 말의 울림, 처음엔 어딘가 빈 구석이 있는 여자구나… 봄날, 동네를 헤매던 그 여자, 예쁘장한 얼굴에 산발한 파마머리 나풀거리던 원피스… 졸졸 따라다녔는데 짓궂은 남자애들이 돌멩이를 던졌던가… 유난히 빨간 구두, 무슨 일인지 그 여자 보이지 않고 뽀얀 햇살 속을 굴러다니던 빨간 뾰족구두 한 짝, 그 여자…)

저는 대인공포증에 걸려서 아무 일도 못합니다… 오

늘 용기를 내서… 이렇게 대중들 앞에서 얘기하려고,
저도, 남들처럼 밝은 세상 속에서… 긍정적인 생각으
로… 열심히… (이상한 여자가 아닌지도 몰라, 편견은
종종 본질을 왜곡하지, 그러나 고백의 형식은 언제나
괴로워, 이런 전철에서는 더욱이 들어주어야 할 의무
가, 인간에 대한 예의, 그 피동적인 괴로움이 나를 들
여다보게 해… 헌데 대인공포증이라니… 나? 나, 말
인가?)

지금까지 들어주신 대중들에게 감사하는 마음으로
노래 하나 부르겠습니다… 제목은 동백섬입니다… (잠
시 침묵)… 꼬오옷 피이이는 동배액서엄에… (제발 무
사히 끝마치기를… 고백하자면 나도, 나의 시라는 것
도 모르고 치르는 병 아니겠는가, 대 자아 대 대중 대
사회 대 우주… 의 극복, 어떻게든 살아보려고… 그런
것들이 형식을 찾지 못할 때 누구든 들어주리라 믿으
면서 거리로 나올 수밖에 없는 것, 이상한 형식의 이

상한 고백을 하게 되는 것이지… 여자여, 제발 무사히
노래해다오)

  그 여자에게 일행이 있는 것은 다행이었다고, 박수
가 나오고 재창까지 부를 때 전철 안을 감돌던 흐름을
뭐라고 할까, 공기 속에는 옥죄어가던 팔다리를 조금
은 풀어도 될 듯한, 사금파리처럼 빛나는 무엇이 사람
들의 시선을 모았는데… 호송당하는 죄인처럼 눈 둘
곳 없어 건너 발치만 내려다보던 마음을 일으켰다면…
나는 어디서 내 노래를 찾아야 하나… 어디까지 맞고
틀리는지 모르는 노래 한소절 어떻게 불러야 하나…
문이 열리고 그들은 가고, 허공을 좇는 눈길 앞에서
차는 떠나는데, 멀어져가는 그들의 웃음 뒤로 새파란
하늘이… 봄이야

머리카락 한올

머리카락 한올이 있었네
버스 차창에 낀
한올의 기인 머리카락이
몸에서 빠져나간 터럭 하나이,

누구였을까
피곤한 하루가 기대어 가던
마지막 버스에서
차창의 흔들림을 고스란히 받으면서
생각이 꼬리를 물고
감긴 두 눈이 꾹꾹 쑤시고

산다는 것은 그런 것이지
끊임없이 흘러가면서
어디쯤 온 것일까, 둘러보면
매일 보아도 아닌 것 같은 풍경들
막막한 어둠과 마주하는 것이지

그것이 무엇인지 모르면서
그러나 더듬더듬 찾아가면서

지나온 모든 공간은
무덤 속에서도 머리카락이 자라듯이
쑥쑥 자라 생각을 키우고
그 자리에 남모를 내가 앉아
우두커니 바라다보는 것
살아가는 일의 깊은 상처…… 사랑,
마지막 버스처럼 그대를 보내고
내릴 수 있는 것이지

이런 날은
나도 내 머리카락이 무거워
뭉텅 잘려나간다 해도 두렵지 않지만
잊혀진다는 것은 슬픈 일이지
몸이 없으면 기억도 없다는 것은

새빨간 거짓말 머리카락 한올의

그대 배경이 오늘은 마치…… 정말……

오래오래 생각나고 또 생각하게 하는 것이지

봄 감기

1

간밤
가늘게 빗소리 들으며 말며
베갯머리 돌아눕다

어쩌나 이 비 그치면, 아침까지
내리니 그만한 다행도 없어라
어지러운 잠 더운 피를 식히다

2

창가 가득한 하늘에
마구 풀리는 새들의 부지런함,
꽃자리 튼다 빈 가지
여린 발목에 쑥물이 든다

(봄을 위한 발라드,
행성과 자리 바꾸기)
이제 감기도 다아 나았겠다
옷 갈아입고 나가보면
키 큰 그대, 저만큼 오시는 것 보이겠다

외　박

그대, 오래 집을 비워본 적이 있으신가

멀리서 바라보는 내 집의 불빛은
아슬아슬 허공에 매달려 흔들리고
나를 기다리는 식솔의 얕은 잠이
처마 밑 모퉁이까지 나와 서성일 때

정처없는, 갈 곳 없는
수원 →
인천 →
안양 →
영등포 → 화살표 따라 주욱
미끄러져 닿지도 못하는 바다, 강,
어느 낯선 하늘 밑

새벽길 골목을 뒤져본 적 있으신가

너무 멀리 나갔다 돌아왔는지
차려놓은 식탁 한덩이 밥이 뜨겁고
식구들조차 먼 나라 백성 같고
오래 비워둔 방문을 열고 들어서면

그대, 무너질 듯 내리 잠들지 않겠는가
그 잠이 나를 깨워 다시 시작하지 않겠는가

라디오와 흰 오리

잡음 나는 라디오에
손을 갖다 대면
소리가 깨끗해진다
몸이 잡음을 흡수했거나
허공을 떠도는 전파와 교신했다는 증거다
눈에 보이지 않는 이 확실한 물증
심증은 가나 물증이 없는 현실
현실과 과거의 접점
과거, 하면 왜 나는
찬 마룻바닥에 엎디어
읍할 일이 이렇게도 많은가
착하고 순한 말씀 하나
공중을 타고 내려와
둥그렇게 환해지는 자리
아무 할말이 없어지는 빈 터 하나
간직하는 일이 이렇게도 어려운가
몸 속에는 언제나 이리저리 부딪는 소리가

잠든 순간에도 꿈 속에서 형상을 만들고
내 소리에 내가 놀라 잠 깨는 한밤중
오, 하느님 나는 가짜였어요, 중얼거린다면
서른여섯 세월을 어디서 부정해야 하는가
잡음 나는 라디오 그렇게 닝닝거릴 때
세상과 거래할 아무것도 없으므로
단지 그리고 기다리는 일이 전부, 나의 모두였을 뿐
그때…… 그날……
맑은 물살에 고요히 발 담그고 있던
흰 오리 한마리는 어디로 날아간 것일까

골목 하나를 사이로

이층 베란다를 통하면 비스듬히
골목 하나를 사이로 재봉틀이 있는
창가가 보이고
재봉질 하는 그녀가 보입니다
눈길 마주친 적 없지만 나는
집에 있는 하루 내내
가끔가끔 그녀가 궁금하고
그녀의 재봉틀이 궁금합니다
그녀도 나처럼
목이 좋은 창가에 책상을 놓았듯이
재봉틀을 놓았지만 그녀는 나처럼
건너 사는 누구를 바라볼 틈 없습니다
집에 있는 하루 내내 나는
우수수 떨어진 하루살이를 쓸어 담거나
날개를 좌악 펴고 꼼짝 않는
나방의 점박이 무늬를 더듬어보거나
하는 일뿐이지만

가끔가끔 재봉틀이 있는 창가를 건너다보면
한 시간이나 두 시간 그보다 오래
고개를 수그리고서 달달달,
재봉틀은 돌아갑니다
재봉틀은 그녀만의 악기라서
색색이 실패가 풀리는 하루 낮 동안
그녀의 수고로운 삶은 완성되고
아무도 그 세계 건드릴 수 없습니다
그녀는 나를 모르겠지만
골목 하나를 사이로 있는 그녀와
그녀의 재봉틀을 생각하면
멀리 두고 온 시절의 모녀가 그리워지고
나의 하루도 그렇듯 더불어 갑니다

이층 베란다를 통하면 재봉틀이 있는
창가가 보이고 재봉질 하는 그녀가 보이고
가끔가끔 나는 골목 하나를 사이로……

신탄리, 그후

의정부 ↔ 신탄리 구간 열차 빤히 건너다보이는 저것
지금 타면 그곳에 갈 수 있다 신탄리, 그날 내가 본
것은 신탄리가 맞을까 옛 소설의 페이지처럼 묵은 하
루 턱에 걸린 창틀 너머로 새소리를 들은 것도 같고
아니 들은 것도 같은 능선의 흐린 하늘 가시철조망 너
머로는 또 무엇을 보았을까, 몸은 이미 과거에 있고
더는 북쪽으로 갈 수 없으리라는 종착역 발이 묶여 신
탄리의 하루는 그렇게 있었으나 건너다보이는 의정부
역 20분발 열차 지금이라도 타면 그곳에 간다 신탄리,
그날 내가 간 곳은 정말 신탄리일까 기억은 낡아서 집
을 짓고 그러나 신탄리는 다시 없다는 것을 돌아가도
그때나 지금이나 과거 속이고 그날의 칼국수와 마루방
텔레비전의 전국노래자랑은 지척에 있으나 있는 것이
아니다 하여 나는 아무것도 본 것이 없는 거와 같아서
오늘 하루 이 몸이 간다 한들 그것이 신탄리이겠는가,
저기 의정부에서 신탄리까지 굴뚝 소리를 내며 오가는
것은 현재로 가는 것이 아니라 미래의 잠시 돌아볼 과

거로 가는 것이어서 남을 것도 기억할 것도 없지만 두
고 온 무엇이 있다는 것일까 신탄리, 흩어지는 빗발
속으로 바라보며 이렇게 서 있다

폐타이어가 있는 산책길

종점, 길은 언제나
거기서부터 시작된다 막막하게
생의 변두리를 도는 자
외곽에서 중심을 구하는 자의 배경에는
벌판과 바람 길은 휘어져
어디에 닿았는지 가늠할 수 없다
삶은 단지 스쳐가거나 봄볕에
살을 말리는 뿌연 것,
어느날 아주아주 먼 어느날
우리가 인연이라 말하던 순간도 다 쓰고 나면
바람 빠진 폐타이어 닳아진 허울만 남아
한곳에 쌓일 것이다 재생의 날을 기다리며
우연한 봄날의 담에 기대다 보면
지나온 길의 어디쯤 진실도 있었다고, 말해주는 것들
먼지를 풀풀 날리며 덤프트럭이 지나고
갓 스물의 청춘이 노래한다 마른 연기
피어오르는 들판의 한끝 희망은 그런 대로

연명하기에 좋았으나 몸의 바퀴가 닳아 멈추었을 때
내 앞에 놓인 밥그릇 하나,
햇살이 가득 담긴 사발을 놓고 조는 듯 깨이는 듯
등허리며 머리카락 사이로 따뜻한 기운이 흐르고
길은 그때부터 시작인지 모른다

새에 관한 두 가지 기억

1

그것은 아주 짧은 순간
날 선 종이가 살을 베듯
허공을 갈랐다

옥상 근처
짧게, 그것은 왔다, 갔다,
지나가는 구름 한점 없이
(깨달음은 언제나 늦고 운명은 뒤통수를 친다
장미의 벼락을 맞고 헤매던
어둔 골목과 끝도 없이 이어지던
땡볕의 현기를 기억하는가)

그것이, 그놈이 잡아챈
기억의 잔상에는 갈가리 찢긴
작은 새 한마리 있었다

2

어느날이었다
텅, 텅, 창문 쪽에서 부딪는 소리가 났다
그것이 나를 불렀다
까치였다 까치는 닫힌 유리문을 향해
제 몸을 던지고 있었다 텅, 텅, 텅, 텅,

열려라 문이여,
내 언젠가 몸으로 울었으니
한번 닫힌 문은 영원히 열리지 않았다
영혼의 동굴을 울리는 주름진 벽에다 대고
머리를 부딪쳤을 때 텅, 텅, 텅…… 텅, 텅,
그것은 허공이거나 속이 텅 빈 환시였을 것이다
돌아보지 마라, 돌아보면 돌이 될 것이다 그러나,
돌아보았으므로 돌이 된 기억이 있어

나 지금 여기에 있다

이해할 수 있다, 다시 어느날 까치는
까치가 터엉, 터엉…… 검은 날개를 부딪쳐왔을 때
모오든 그럴 수밖에 없는 것을,
마음이 다하면 몸조차 따라가려는 것
그것이 내게 잊으라 잊으라, 했을 때
세상의 아침은 멀고 저녁은 아주 빠르게 오던 것을,
유리문을 넘치던 푸른 물 흰구름의 파도여
까치의 머리 둔 곳을 내 지금 그리어보면……

꽃 피기를 기다리는 마음

방　민　호

1

　최영숙, 이 외로운 여자는 늘 방에 산다. 그녀는 방에
살며 동시에 집에 살기도 하지만, 아주 가끔씩만, 아주
잠깐씩만 그럴 뿐이다. 집은 방보다 너무 따뜻한 말이어
서, 가족이 함께 했을 때의, 기다려주는 사람이 있었을
때의, 기억을 위해서만 방은 집이 된다. 지시적 사용이라
는 한정된 목적을 위해서만 방이라는 말은 집이라는 말로
잠깐 잠깐 변한다. 그외 모든 경우 그녀는 방에 사는 것
이 된다. 달리 말해 그녀 시에서 집이란 말은 대부분 방
이란 말과 같다. 방에서 나가면 그녀는 불안정함을 느낀
다. 방에 들어와야 비로소 마음 편해진다. 그녀 또한 방
에서 나가 거리를 활보하고 사람들을 만나고 술을 마시고
싶지 않은 것이 아니었으되, 그러기에는 그녀는 세상으로
부터 너무나 멀리 떨어져 있다. 그녀는, 그녀 자신과 세
계의 거리가 좁혀질 수 없을 것만 같은 절망감에 사로잡
힌 채 살아간다. 그녀의 집, 곧 방은 "이 세상에는 없는"

(「토요일 오후」) 것만 같고 그녀 자신 또한 세상에 "있어도/내가 아닌 것"(「빈 방」)만 같다. 서울에 살아도 서울에 사는 것 같지 않다(「새로 산 팬히터, 서울은」).

세상에 속하지 못한 방에 홀로 칩거하는 그녀의, 시간은, "우물 속 두레박 같"(「혼자 있는 날」)고 "액자 속의 시간"(「어느날의 삽화」) 같다. 그녀는 그녀 자신만의 방에 갇힌 시간을 산다. 시간은 그녀의 방 바깥으로 나갈 수 없고("액자 속의 시간") 오직 방 안에서 깊어질 수 있을 뿐이다("우물 속 두레박").

그 "반지하의 창"(「은행나무 그 빈 자리」) 안이나 "격자무늬 안"(「혼적」), 혹은 그외 몇가지의 네모난 방 안에 갇혀 살면서, 그녀는 이제는 영영 만날 수 없게 된 사람들을 생각하고 (「어머니의 묘」「시다 구함」「모래의 집」「어머니」「입동 무렵」「고백」「언약의 궤」「이별」「흐르는 나무」), 지금과 마찬가지로 슬프고 외로웠던 유년의 기억들을 떠올리고(「울음이 있는 방」「찹쌀도나스가 있는 밤」「은행나무 그 빈 자리」「1960년생의 한 기록」), 사랑하지만 소유할 수 없거나 떠나가 돌아오지 않는 '그대'를 그리워하고 (「어느날의 삽화」「지난 여름」「검은 곰팡이」「그리움」), 방 안에 갇혀 사는 외로운 자만이 볼 수 있는 존재들을 발견한다(「감자싹」「그 집 찾아간다」「쥐의 입」「파리孝」「골목 하나를 사이로」「머리카락 한올」).

그러나 그 모든 것들을 요약해 보면 그녀가 그 방들 안에서 자신의 영혼으로 품은 것들이란 가족, 특히 어머니와 고정희 시인과 '그대'와 그외 몇몇 보잘 것 없는 존재들 뿐인 것만 같다. 그렇다면 그녀의 방이란 얼마나 좁은 것이며 얼마나 폐쇄적인 세계인가. 그런 방에 살아야 하는 것은 외로운 자의 운명인 것만 같다. 외로운 그녀의 방은 쉽게는 넓어질 수 없고 열려질 수 없다. 물론 그녀는 아주 가끔씩 김남주 시인을 떠올리기도 하고(「야근하는 밤」), 텍사스 거리의 여인들을 근심하기도 한다(「유리 속의 인형」). 하지만 이런 일들은 그녀에게는 매우 드물게만 일어날 수 있을 뿐이다. 그녀에게는 세상은 아직 그녀의 근심의 대상이 될 수 없다. 그녀에게는 아직 처분해야 할 개인적 빚이 너무 많다. 이 빚을 모두 청산하지 못하는 한 그녀는 그녀 바깥의 세계를 그녀의 것으로 만들지 못한다. 그러므로 어쩌면 그녀의 시의 길은 좁고 폐쇄된 그녀의 방이 세계를 품을 수 있을 만큼 쓰고 또 쓰는 일인지도 모른다.

2

그녀는 자신의 삶을 들여다본다. 한번도 기쁜 적이 없었던 듯한 삶. "기억의 출발에는 언제나 처마 밑 비가 내리고 강보에 싸인 울음이 있다"(「1960년생의 한 기록」). 어릴 적 그녀의 삶에는 어머니의 울음이 배여 있고(「울음이 있는 방」), 다 큰 그녀는 "이 도시에서 언젠가는/버림당하리라 생각"한다(「도로확장공사」). 그런 그녀는 "생의 변두리를 도는 자"(「폐타이어가 있는 산책길」) 이상이 되지 못한다. 시를 씀은 어쩌면 그 '생의 변두리'에서 뛰쳐나오고 싶은 그녀 욕망의 표현이지만, 정작 시는 아직 아무것도 그녀에게 약속해주지 않았다. 「폐타이어가 있는 산책길」에서 그녀는 마치 "우리" 모두가 "생의 변두리를 도는 자"인 듯 말한다. 하지만 그것은 스스로의 절망감을

조급히 일반화한 것에 지나지 않는다. "우리"가 그런 것이 아니라 그녀가 그렇다. 정작 그녀도 그렇게 느낀다. 다른 많은 시들이 그것을 입증한다.

그렇다면 무엇이 그녀에게 그토록 강렬한 외로움을 만들어주었는가. 그것은 죽음이다. 그녀가 지극히 사랑한 사람들은 떠나고 그녀는 이 세상에 홀로 남았다. 죽음은, 그녀의 울음 섞인 삶을 더 외롭게 만들려고 그녀의 소중한 이들을 빼앗아갔다. 어머니가 죽었고 고정희 시인이 죽었다. 그녀는 그녀들의 죽음 앞에서 지극한 슬픔에 사로잡힌다.

그러나 정작 문제는 그녀들의 죽음이 외로움을 배가시키는 슬픔 이상의 것을 의미한다는 점이다. 그녀들의 죽음은 그녀 자신의 삶에조차 절망의 그림자를 드리운다. 그것은 외로움의 단순한 표징이 되기를 거부하고 그녀 자신의 삶을 지배하는 이미지가 된다. 어머니를 죽음으로 내몬 "황사바람"(「모래의 집」)이 그녀는 무섭다. 죽음은 마치 "눈보라"(「눈보라」)처럼 그녀에게 다가온다. 물론 여기서 죽음은 꼭 죽음이 아니래도 상관없다. 그것은 절망일 수도 있다. 중요한 것은 그 빛깔의 동일함이다. 그녀는 죽음 혹은 절망에 대한 강렬한 공포감에 사로잡힌다.

본래, 죽음에 관한 한, 공포가 극에 달하면 매혹됨이 있는 것, 어둠이 빛이 너무나 강렬한 나머지 그녀는 그것을 향한 "강한 유혹"(「금지사항」)에 사로잡힌다. 「덩굴손」이나 「그 무엇이」와 같이 희망이나 기다림을 노래한 시들조차 죽음에의 친화감을 노래한 듯 해석될 정도로 그것은 크다. "난폭한 어둠의 시간 속에는 언제나" "예비되

어 있"는 "온몸의 피돌기를 단숨에 바꾸는" "독약 한사
발"을 마셔버리면 "웅크려 울던" 그녀의 "새"가 "푸드득
갈빗대를 젖히고 날아오를"(「금지사항」) 것만 같다.

왜 그녀는 죽음을 통해서라도 자신의 새를 날아오르게
하고 싶은 걸까. 그녀의 경우, 죽음은 결국 죽음으로 끝
날 뿐, 이상의 새를 날아오르게 할 수는 없다. 그러기에
그녀 또한 "회복기의 노래"(「회복기의 노래」)를 부르고
싶어한다. 죽음에 매혹되는 대신 "면역된 흰피톨들의 자
유／명징함을 획득할 때까지" "항생제를"(「회복기의 노
래」) 복용하고 싶은 것이다. 그렇다면 왜 그녀는 그러면
서도 동시에 죽음을 꿈꾸는지 궁금하지 않을 수 없다. 무
엇인가, 그 이유는. 그것은 물론 극에 달한 외로움에 있
지만 또다른 이유가 하나 있다. 그것은 서른이 훌쩍 넘은
자신의 삶에 대한 도덕적 진단, 극히 비관적인 도덕적 진
단이다.

그녀는 "……하여, 일기조차 쓰지 못하는 날들이 왔다"
(「나는 지금 타락중？！」)고 고백한다. "반성을 해본 지
는 너무도 오래"(「한강다리를 건너며」)라고 쓴다. 이같은
비관은 「악순환」에서는 훨씬 더 극단적인 자기 풍자로 나
타난다. 여기서도 그녀는 짐짓 "우리"를 내세워 현실을
비판하는 태도를 취해보지만, 이 시의 주된 전언은 "반성
없는 나의 삼십대"라는 대목에 압축되어 있다. 외로운 삶
을 살아가면서도 한편으로 그녀는 자신이 이 세계의 무반
성적 질서 속에 동화되고 있는지도 모른다는 심각한 의구
심을 갖는다. "오늘의 무사무사가／내일의 무관심에게／
내일의 무관심이／오늘의 무감각과 방종에게／절대 봉사
희생하고 있"(「악순환」)는 세계 속에서 그녀 자신 또한

어쩌면 그렇게 살아가고 있는지도 모른다. 외로우면서도 비속해지고 있다는 느낌처럼 견디기 힘든 일은 아마 없으리라. 그녀가 순간적으로 죽음을 꿈꿀 때가 있다면, 그것은 "구멍 난 바지"(「구멍 난 바지」) 같은 그녀의 삶이 더욱 비참하게 느껴지는, 그 참기 힘든 때일 것이다.

3

하여, 그녀 삶에는 지금 희망이 설 자리가 별로 없다. "장다리꽃"이 피기를 기다리고(「어느날의 삽화」), "여우비 후둑이다 간" 후 "동쪽 하늘부터 맑게 갠" 날 같은 세상을 고대하고(「여우비 온 날」), 따스한 봄날의 눈뜸 같은 깨달음을 원하건만(「開眼」), 삶은 그녀에게 그런 좋은 일을 좀체로 허용치 않는 것이다. 지금 그녀에게 삶은 그대 떠난 "꽃 피지 않는 시절"(「그늘진 점심시간」)이며, "어디 이승의 하늘만이 전부인가요"(「어머니의 묘」)라고 말하고 싶은 상황이다. 기다리는 "재생의 날"(「페타이어가 있는 산책길」)은 언제나 올 지 알 수 없다. 상황이 이럴진대, "착하고 순한 말씀 하나/공중을 타고 내려와/둥그렇게 환해지는 자리/아무 할말이 없어지는 빈 터 하나/간직하는 일이 이렇게도 어려운가"(「라디오와 흰 오리」) 하는 탄식은 오히려 자연스럽기까지 하다.

그러나 그런 그녀에게도 절망으로부터 희망을 끌어내는 논리가 존재한다. 그것을 그녀는 극히 힘겹게 찾아낸다. 그것은 삶이란 "무덤 속에서 피어나는/흰 꽃이파리의 혼들림"(「삶」)이라는 역설의 논리다. 역설이 아니고서는 그녀는 희망을 꿈꿀 수 없다. 범상한 방식으로 희망을 꿈꾸

기에는 그녀는 지금 너무나 위독하다. 「감자싹」은 이같은
역설의 논리가 적절히 형상화된 경우에 해당한다.

검은 비닐봉지에 싸여
찬장 속에 박혀 있던
세 개의 감자에 싹이 났다
먹으면 식중독을 일으킨다는 감자싹의
성분은 솔라닌이다·물에 녹지 않아
호흡중추나 운동중추를 마비시킨다고 사전에는
씌어 있다 햇빛도 양분도 없는 곳에서
감자는 어떻게 싹을 틔울 마음이 들었을까
슬픔도 때로는 힘이 된다,
침묵도 어느 땐 필요한 법이다, 그런 것이었을까
비죽이 솟은 노란 싹이 꼭 뿔 같다
제 몸에 뿌리를 박고라도 번식하고 싶은 발아 그 슬
픈 정수리
무엇을 찌를 마음은 없었을 것이다 그렇게 보는
내 마음이 나쁘다 이를테면 찬물에 온통 머리를 처박
아도
빠지지 않는 사랑 같은 것 추억 같은 것
다 잊어도 나만은 안 잊는다 그런,
잊혀지고 낡아진 꿈을 밀어올리느라 품게 된
독 같은 것 질겨진 혓바닥 같은 것
그 다음에 오는 눈물이라는 것……
감자싹을 도려내는 손길이 아리다
깜깜중에도 눈뜨고 싶은 덩굴 속마음, 내가 너를 버
리다니

사랑 평화 그리움 무엇보다 손 뻗어 잡아보고 싶은
푸른 하늘
　주섬주섬 싹눈을 주워 흙에 옮긴다 잘 자라 다시 만
나자

　그녀는 이 지극한 역설의 논리가 현실화될 때를 기다리
고 또 기다린다. 그녀에게 있어 시는 이 기다림의 형식이
다. 그런데 이 모든 것, 즉 외로우면서도 절망적인 삶과,
그 삶을 이겨내고픈 역설의 논리와, 이 역설의 논리가 실
현되기까지의 기다림과, 그 형식으로서의 시와, 이 모든
것을 포괄하는, 그녀의 정수리 같은 시가 있다면, 그것은
지금으로는 「초저녁별」이 된다. 「초저녁별」은 고통을 대
하는 그녀의 자세가 얼마나 구도적일 수 있는지를 보여주
는, 그녀 시의 한 정점이다. 이 시에 또다른 해석이 이
자리에서 더 가해져야 할까만은, 2연의 "그러나"에 주목
할 필요가 있다. "우리는 만날 수가 없"다고 한, 바로 그
다음 행에서부터, 바로 그 연 안에서, 그녀는 "꽃망울"을
노래한다. 이것은 마치 벤야민 식의 메시아의 현현 같지
않은가. 그때를 위해 그녀는 기다리고 또 기다리는 것이
다.

　초저녁별 하나 떴네
　낮과 밤의 길이가 같다는 춘분날
　너는 저쪽에, 나는 이쪽에
　서로 바라보는

　우리는 만날 수가 없네

그러나 봄물이 간지러운 가지
묵은 슬픔 밀어내고 있다네
꽃망울 져 있다네

춘분날 초저녁별 하나
기다림이 나를 완성하네

후 기

  왜 할말이 없을까. 후기에 즈음하여 시의 앞뒤를 뒤적
여보았으나 '할말 없음'이 횡막에 걸쳐져 있다. 5년 동안
의 시를 하나로 묶는다, 여기 그 시간의 흔적이 있다, 시
외적인 것 또는 시에 대하여 나는 지금 후기를 쓰려 한
다, 그러나 여전히 할말을 찾지 못한다.
  망설이고 서성이는 동안 창밖 풍경이 풀풀 연초록으로
날리고 있었다. 부드러운 산등성이와 따스한 바람, 넓게
퍼지는 소음 속의 고요…… 오늘 나는 창문을 열고 오랫
동안 그 속에 놓인다. 지난 것과 다가올 것, 순간과 영속
그 모두가 이젠 아무래도 괜찮다는 생각이 든다. 이 하나
를 얻기 위하여 시를 썼던가, 시를 쓰는 동안 많이 바뀐
나 자신을 본다. 이제 세상 속으로 시를 떠나 보내면서
나와는 상관없이 살아 숨쉬고 움직이기를 희망해본다.
  지금까지 무언과 사랑으로 지켜봐주신 여러분에게 속
깊이 감사드린다.

                        1996년 5월, 의정부에서
                            최   영   숙

창비시선 150

골목 하나를 사이로 ⓒ 최영숙 1996

1996년 6월 25일 초판 인쇄
1996년 6월 25일 초판 발행

지은이 최 영 숙
펴낸이 김 윤 수
펴낸곳 ㈜창작과비평사

121-070 서울 마포구 용강동 50-1
전화 718 0541 · 0542(영업)
718 0543 · 0544(편집)
716-7876 · 7877(독자관리)
FAX. 713-2403
지로번호 3002568
대체구좌 010041-31-0518274
등록 1986. 8. 5 제10-145호
조판 동국전산주식회사/인쇄 삼신문화사

ISBN 89-364-2150-6 03810 값 4,000원